Analyse de l'œuvre

Par Aurélie Bontout-Roche

Sang famille

de Michel Bussi

lePetitLittéraire.fr

Analyse de l'œuvre

Par Aurélie Bontout-Roche

Sang famille

de Michel Bussi

Rendez-vous sur lepetitlitteraire.fr et découvrez :

Plus de 1200 analyses
Claires et synthétiques
Téléchargeables en 30 secondes
À imprimer chez soi

MICHEL BUSSI

ÉCRIVAIN FRANÇAIS

- **Né en 1965 à Louviers (Normandie)**
- **Quelques-unes de ses œuvres :**
  - *Omaha crimes* (2007), roman
  - *Nymphéas noirs* (2011), roman
  - *Le Temps est assassin* (2016), roman

Écrivain français, Michel Bussi est l'auteur d'une dizaine de best-sellers qui connaissent à chacune de leur parution un succès retentissant. Traduit dans 35 pays, il figure en 2018 dans le prestigieux palmarès des trois meilleurs écrivains vendus en France (avec près d'un million d'exemplaires). Les droits de nombre de ses romans ont d'ores et déjà été vendus pour le cinéma et la télévision.

Né le 29 avril 1965 à Louviers en Normandie, Michel Bussi est très attaché à sa région, où se situent la plupart de ses romans. Il est dès son plus jeune âge un fervent lecteur de romans d'aventures et de romans policiers. Lui-même se définit comme un « enfant de Jules Verne, de Maurice Leblanc, d'Agatha Christie ». Le romancier enseigne la géographie à l'Université de Caen : il est même devenu un expert reconnu dans le domaine de la géographie électorale. Parallèlement à son métier, Michel Bussi, fasciné par le roman populaire, s'adonne à l'écriture : son premier roman *Code Lupin* paraît aux éditions des Falaises en 2006, à l'occasion du centenaire de la mort de Maurice Leblanc. Michel Bussi entre aux Presses de la cité en 2010 avec *Nymphéas noirs*, un roman qui rend hommage au peintre Claude Monet et à Giverny. C'est le roman policier le plus primé en 2011.

Suivront de nombreux autres romans, parmi lesquels : *Un avion sans elle* (2012), *Maman a tort* (2015), adapté à la télévision en 2018, *Le Temps est assassin* (2016) et *On la trouvait plutôt jolie* (2017). Ses romans, considérés comme des thrillers, sont imprégnés de culture populaire. Ils se caractérisent par un tropisme normand, l'imbrication de plusieurs intrigues, un art du suspense et ce fameux « twist final », ce retournement qui surprend le lecteur et auquel l'auteur tient beaucoup. Grâce au choix d'un style fluide et de mots simples, Michel Bussi parvient ainsi

à un équilibre parfait entre intrigue, émotion et
rythme.

SANG FAMILLE

ENTRE THRILLER ET ROMAN D'AVENTURES

- **Genre :** roman
- **Édition de référence** : *Sang famille*, Paris, Presses de la cité, 2018, 495 p.
- **1ʳᵉ édition :** 2009
- **Thématiques :** adolescence, quête d'identité, amitié, famille, merveilleux, aventure, trésor, île

Sang famille, dont le titre évoque le célèbre roman populaire d'Hector Malot, est l'un des premiers romans écrits par Michel Bussi, et le quatrième publié chez son premier éditeur. Il est réédité comme son onzième roman aux Presses de la cité en mai 2018 et se place très vite dans les meilleures ventes. Dans sa préface, Michel Bussi assure s'être contenté de quelques corrections et de l'invention d'un personnage féminin aux côtés des camarades du héros Colin Remy, afin d'y introduire plus de légèreté et d'humour.

Dans chacun de ses thrillers, Michel Bussi explique vouloir introduire une autre dimension : dans *Sang famille*, il joue avec les codes du roman d'aventures, dans la veine de *L'Île au trésor* (1883) de Robert Louis Stevenson (écrivain écossais, 1850-1894).

Écrit pour un public d'adolescents et de jeunes adultes, *Sang Famille,* qui tient aussi du roman d'initiation, est unique en son genre. En effet, c'est le seul roman de Michel Bussi qui se situe dans un lieu imaginaire et fait cohabiter humour et drame en imbriquant deux intrigues finissant par se rejoindre. L'auteur lui-même considère ce roman comme à part dans son œuvre. Il écrit ainsi dans la préface : « J'ai une grande tendresse pour la légèreté de ce roman, troublée par une intrigue cauchemardesque. J'aime qu'il puisse être plus inclassable encore que mes autres romans et qu'il devienne de fait un livre intergénérationnel, foisonnant et intrigant pour un jeune public, tout autant que, pour les autres, sensuel et cruel. » (p.9)

RÉSUMÉ

Sang famille fonctionne comme un huis clos sur une île anglo-normande imaginaire, l'île de Mornesey, et imbrique deux enquêtes. Dans un intervalle de seulement cinq jours au mois d'août 2000, l'intrigue se déroule à un rythme soutenu : les chapitres mêlant les deux enquêtes alternent, jusqu'à ce que celles-ci finissent par se confondre. Le récit commence le dimanche 20 août 2000, dans une tension extrême : retenu prisonnier par une bande de tortionnaires, un jeune adolescent redoute le pire. Le lecteur va alors remonter le temps avec l'auteur pour comprendre comment le héros s'est retrouvé dans une telle situation.

MERCREDI 16 AOÛT

Quatre jours plus tôt, deux dangereux prisonniers retenus sur l'île, au centre pénitentiaire Mazarin, s'évadent lors d'un transfert vers le continent : Jonas Nowakovski est un braqueur récidiviste et Jean-Louis Valerino, ancien employé à la mairie de l'île, est tombé pour une histoire de marché public. Pourtant, l'île de Mornesey semble de prime abord une destination appréciée des vacanciers, et le narrateur de 16 ans, Colin Rémy, a choisi d'y faire de la voile dans un camp d'adolescents. Peu sportif, il s'ennuie, distrait seulement par les blagues potaches de son ami Armand et la malice de Madiha, la rebelle du groupe, « une fille du foyer ».

Mais Colin n'a pas choisi ce lieu par hasard. Élevé par son oncle Thierry et sa tante Brigitte en région parisienne, il est orphelin depuis l'âge de six ans. De sa prime enfance, il sait seulement qu'il a vécu sur cette île avant que son père, archéologue de formation et responsable des fouilles de l'Abbaye Saint-Antoine, ne disparaisse et soit déclaré mort. Quelque temps après ce drame, sa mère meurt également dans un accident de voiture. Colin a cependant l'intuition que les adultes ne lui disent pas toute la vérité, ce qui l'a poussé à se rendre sur cette île pour reconstituer les morceaux du puzzle d'une histoire inachevée et solder enfin son enfance. Il se raccroche à la prophétie énoncée par sa mère, la dernière fois qu'il l'a vue : « Ton papa est parti loin, Colin, très loin. Mais ne sois pas triste. Il faut être patient. Tu le reverras. Tu le retrouveras un jour » (p.42).

Ce mercredi, coup de théâtre : Colin croit voir son père à bord d'une camionnette blanche et se persuade qu'il est toujours vivant. Pour en avoir le cœur net, il part à sa recherche.

Simon Casanova, un emploi jeune de la mairie de l'île, chargé pendant l'été de la sécurité sur la voie publique, est alerté par les coups de feu tirés lors de l'évasion. Le lieutenant de la citadelle a beau le rassurer, il a le pressentiment qu'une sombre affaire se trame. Il décide de mener sa propre enquête avec la complicité de Clara Bonamy, la secrétaire de la mairie, et de Didier Delpech, un journaliste local. C'est ainsi que Simon tombe sur une thèse universitaire archivée, détaillant comment l'île de Mornesey s'est transformée au fil du temps en île de bagnards : ainsi, 40 % des habitants auraient pour ancêtre un criminel. Le soir même, Simon retrouve sur la plage sa petite amie Candice. Leur rendez-vous romantique est vite interrompu par un second coup de feu.

JEUDI 17 AOÛT

Colin, qui a fugué pour la nuit avec la complicité de ses camarades, se confie à son ami Armand et lui expose les indices qui le portent à croire que son père est toujours en vie. Il profite alors d'une journée réservée à un jeu de pistes sur l'île pour fausser compagnie aux organisateurs. Dans les ruines de l'Abbaye Saint-Antoine, l'adolescent trouve un écriteau rouillé où est encore inscrit le nom de ses parents, Jean et Anne Remy, archéologues à la tête de l'association qui dirigeait les fouilles des nombreux souterrains. Il retrouve, juste à côté, la maison de son ancienne nourrice, Martine Chamarre. Il s'y rend et celle-ci lui raconte l'histoire de ses parents. Chercheurs passionnés par les fouilles, ils ont vécu pendant longtemps en communauté sur le site de l'Abbaye, jusqu'à ce que l'île soit reliée par le ferry et que tourisme et les spéculations immobilières explosent.

Pour faire face aux pressions de promoteurs peu scrupuleux, son père avait alors eu l'idée d'un site touristique écologique, appelé « Les Sanguinaires ». Hélas, un terrible drame s'est produit pendant les travaux : une grue du chantier s'est effondrée, provoquant la mort de trois ouvriers. Son père, ne supportant pas l'idée d'avoir causé ces trois décès, se serait enfui sur un voilier, laissant derrière lui une lettre d'adieu. Son corps aurait été retrouvé dix jours après.

Colin est à présent convaincu que son père est toujours vivant et ne comprend pas comment il peut être le seul à l'avoir reconnu sur l'île. Aussi se rend-il sur la tombe de ses parents, qu'il découvre profanée, et fait une rencontre effrayante avec un vieux marin édenté sans domicile fixe : celui-ci lui annonce connaitre l'endroit où se trouve son père. Terrorisé, Colin s'enfuit, mais à peine revenu au camp où il se confie à ses amis, il fait une nouvelle fugue pour aller retrouver l'inconnu du cimetière, qui loge pendant l'été dans une grange, à la Crique-aux-Mauves.

Colin, perturbé par toutes ses révélations, est à présent convaincu que son père s'est fait passer pour mort, parce qu'il connaissait les véritables coupables du drame de la grue.

Pendant ce temps, le journaliste Didier Delpech publie un article sensationnel pour révéler l'évasion des deux fugitifs. L'intrigue connait un nouveau rebondissement quand un enfant découvre un homme mort sur la plage de l'Anse de Rubis. La panique gagne l'île et les vacanciers désertent. Simon, persuadé que le braqueur chercherait à se débarrasser de son compagnon d'évasion, est surpris d'apprendre que c'est son corps qui a été retrouvé, victime selon toute vraisemblance de Jean-Louis Valerino. Il décide d'enquêter sur cet homme, qu'il soupçonne d'avoir trafiqué les plans d'occupations des sols autour de l'abbaye. Aidé de Clara, Simon parvient à prouver sa culpabilité et soupçonne l'existence d'un lien avec la mort des trois ouvriers sur le chantier des Sanguinaires, alors que le journaliste Didier Delpech leur raconte la légende du trésor de la Folie Mazarin. Selon une lettre de Madame de Sévigné (épistolière française, 1626-1696), le cardinal Mazarin (homme politique français, 1602-1661) aurait en effet caché un trésor dans le dédale de souterrains sous l'abbaye. Jean-Louis Valerino se serait-il enfui dans le seul but de retrouver ce trésor ?

VENDREDI 18 AOÛT

Colin retrouve enfin le clochard, qui lui apprend que son père se rend parfois sur l'île et qu'il peut le rencontrer le soir même, dans une petite crique. Il le met en garde contre les personnes néfastes présentes sur l'île, rongées par leurs secrets. Colin est déterminé à se rendre à ce rendez-vous, même si son ami Armand voit d'un œil suspect cette série de coïncidences. De son côté, Simon rencontre le notaire de l'île, Serge Bardon. Il apprend ainsi que le propriétaire des terrains de l'abbaye n'était autre que Jean Rémy. Le notaire lui explique qu'avant de mourir, celui-ci a confié la gestion du terrain à un ami proche, Gabriel Borderie, à la tête de l'entreprise Eurobuild, devenue Eco-Stone, qui a sponsorisé pendant des années les fouilles. Il devait gérer le bien pendant 10 ans, avant que Colin Remy, le fils de Jean Remy, n'en hérite.

Simon prend conscience que Colin aura 16 ans le lendemain et que son enquête prend désormais une autre tournure. Il ne doute plus du lien avec l'évasion de Jean-Louis Valerino et pressent que le jeune Colin est en danger. Il emprunte alors la Twingo de la fidèle Clara et part en région parisienne au domicile de Thierry et Brigitte, afin de les prévenir, sans savoir qu'eux-mêmes sont partis rejoindre Colin pour fêter son anniversaire le lendemain. Simon découvre une maison fermée et repart en voiture pour Nice afin de retrouver l'ami de Jean Remy, sa seule piste.

À la nuit tombée, Colin se rend dans la petite crique. Un Zodiac approche : à son bord, il reconnait l'homme aperçu dans la camionnette blanche. Il s'agit bien de son père. Colin savoure des retrouvailles émouvantes, emplies de mystère et de nostalgie.

Son père lui explique la raison de sa si longue fuite : Thierry, le frère de la mère de Colin et son ami Maxime Prieur (les autres membres de la communauté de l'abbaye) complotaient dans son dos. Le père est persuadé que la grue a été sabotée et que la mort des trois ouvriers n'était pas un simple accident. Sa seule manière de préserver son fils et sa femme était de disparaitre et de faire croire à sa mort. L'accident de voiture où a péri sa femme lui semble tout aussi suspect. Il apprend à Coline qu'il est son seul héritier et qu'il a laissé pour lui des documents à retirer chez le notaire le jour de son anniversaire, soit quelques heures plus tard. C'est alors que Colin est attaqué par Jean-Louis Valerino, qui se tenait en embuscade. Le père se porte à son secours et laisse le forçat pour mort. Colin regagne le camp.

SAMEDI 19 AOÛT

Mais cette fois-ci, Colin se fait prendre et punir. Il réussit malgré tout à s'enfuir une nouvelle fois.

À bord de la camionnette blanche, il se rend avec son père chez le notaire. Colin pénètre seul dans cette étude devenue une forteresse, « le coffre-fort de l'île du Diable » qui contient tous les secrets de l'île. Le notaire enferme Colin dans son étude, afin de s'assurer qu'il prenne bien connaissance des documents, alors que le père de Colin lui a demandé de les lui rapporter sans les lire. Face à ce dilemme, Colin lance sa chaise à la figure du notaire et parvient à s'enfuir, pour se rendre avec son père dans la grange du vieux marin.

Mais la disparition de Colin a fait l'effet d'une bombe au camp. Ses amis Mahida et Armand décident de voler à son secours et comprennent en chemin que Valerino n'est pas mort et que Colin est en danger. Effectivement, Valerino est en embuscade devant la grange : dans un ultime retournement de situation, le père sort de la grange et les adolescents découvrent alors la complicité de Valerino et de ce dernier. Ils enferment les enfants dans une trappe sans issue. Bouleversé, Colin se demande alors qui est vraiment son père, lui qui a si souvent été décrit comme une personne honnête.

Simon a fini par retrouver la trace de Gabriel Borderie dans sa luxueuse villa de Nice. Celui-ci lui ouvre son coffre-fort, qui contient un dossier cartonné à couverture orange, et explique à Simon que Jean Remy y a laissé les noms des véritables coupables de l'accident de la grue, preuves à l'appui. Gabriel révèle à Simon que le dossier déposé par Jean Remy chez le notaire comprend une carte du trésor de la Folie Mazarin, mais que cette seule carte ne suffit pas.

Lors du dernier repas passé en présence de l'ensemble des membres de la communauté, juste avant le drame, Jean Rémy aurait révélé le secret à Colin, alors enfant : c'est pourquoi Colin doit fouiller dans sa mémoire. Seul un jeune métayer Lucien Verger, mort à la guerre de 14-18, aurait percé le mystère de la Folie Mazarin. Simon pense que le cadavre repêché dix ans avant était celui de l'ami traitre, Maxime Prieur. Gabriel conforte Simon sur le fait qu'il y a anguille sous roche et Simon décide de remonter vers l'île de Mornesey. Pris dans les bouchons, il appelle le notaire qui lui apprend que Colin se trouve en fait depuis un moment sur l'île. Les deux intrigues n'en font désormais plus qu'une.

La police sauve les enfants de la trappe de la grange de Lebertois. De retour au camp, Colin fait l'objet d'une surveillance étroite, d'autant que son oncle et sa tante viennent d'arriver. Colin leur demande des comptes. Thierry explique à Colin que son père avait une double personnalité. Colin est en proie au doute. Son père ne s'intéresserait-il donc qu'au seul souvenir enfoui dans sa mémoire ?

DIMANCHE 20 AOÛT

Le dénouement de l'intrigue semble proche. Mais qui faut-il croire ? Colin a l'impression de nager en plein cauchemar : il se méfie de son oncle, mais accepte cependant de le suivre dans la nuit, laissant un couteau planté près du lit d'Armand, en guise d'alerte. L'adolescent a conscience que son oncle l'attire dans un piège, mais c'est le seul moyen pour lui de connaitre la vérité. En chemin, Colin est attiré par une photographie en une d'un journal. Elle représente trois hommes : Jean Remy, Jean-Louis Valerino et un visage inconnu, qui semble pourtant familier à Colin. Pendant ce temps, Armand se réveille et décide avec Mahida de suivre leur ami à distance raisonnable. Leur tâche est facilitée par Colin qui joue les Petit Poucet, semant intentionnellement des morceaux de crépon rouges.

Colin se retrouve alors dans le dédale de souterrains des ruines de l'abbaye, pris au piège par ses tortionnaires : Jean-Louis Valerino, son père (mais est-ce vraiment lui ?) et leurs complices, Brigitte et Thierry. Ils tiennent à extirper le dernier indice, dissimulé dans les souvenirs de Colin, afin de mettre la main sur ce fameux trésor.

Simon, depuis sa voiture, appelle Delpech et Clara. Le troisième homme sur la photo, c'est Maxime Prieur. Colin comprend que cet inconnu sur la photo correspond en fait à l'homme qu'il croyait être son père. Sa tante Brigitte, prise de remords, finit par avouer la vérité à l'adolescent. Le véritable Jean Remy est bel et bien mort : avec la complicité de son oncle et sa tante, Maxime Prieur a trafiqué pendant des années les souvenirs de l'enfant, le persuadant qu'il était son père, remplaçant ses souvenirs et marquant ainsi sa mémoire.

Colin ne conservait qu'une seule photographie de son père, retouchée au fil des années par

Maxime Prieur, et quelques minutes de film où il avait fini par les confondre l'un l'autre. C'est bien Jean-Louis Valerino en personne qui était à l'origine du sabotage de la grue.

Colin est en mauvaise posture, d'autant que Valerino a compris qu'il avait laissé derrière lui des indices (les morceaux de crépon) pour pouvoir être suivi à la trace. L'adolescent se souvient à présent que son père lui a indiqué l'emplacement du trésor, mais il lui faut gagner du temps. C'est la lumière du phare de l'île illuminant la ferme où ses tortionnaires l'ont emmené qui lui donne une idée.

Colin mentionne à ses ravisseurs un code H11-08, que son père aurait tracé avec son doigt, dans le sol, lors du dernier repas. Il le trace dans la poussière de la fenêtre, en espérant que le phare l'éclairera à son tour. Il s'agit en réalité d'un message que seul son ami Armand peut comprendre. De son côté, Simon appelle Clara qui se trouve avec Armand et leurs amis en haut du phare et leur révèle qu'il a compris le secret de la Folie Mazarin : il s'agit en fait d'un grand cru, un vin rendu exceptionnel grâce à la qualité des sols. Les Sanguinaires, c'est en réalité le toponyme d'un vignoble, connu depuis le Moyen Âge. Lorsque le phare illumine de nouveau la ferme, Armand repère grâce à des jumelles le code de Colin et comprend que son ami s'y trouve. La ferme est alors cernée par les policiers, et Valerino, acculé, propose d'utiliser Colin comme monnaie d'échange. Maxime Prieur lui fait comprendre que tout est fini et les complices de Valerino décident de se rendre. Mais celui-ci ne veut pas renoncer : alors qu'il pointe son arme sur Colin et tente de sortir de la ferme avec son otage, Brigitte le tue à l'aide d'une vieille faux rouillée. Colin retrouve ses amis et se rend sur le belvédère de l'île pour lire la lettre d'adieu écrite par son père et faire enfin son deuil.

ÉTUDE DES PERSONNAGES

COLIN RÉMY

Né le 19 août 1984, Colin va sur ses 16 ans lorsque commence l'intrigue. Michel Bussi affectionne les personnages d'orphelins dans ses romans, à l'image de Clotilde dans *Le Temps est assassin* (2016). Le patronyme de Colin est aussi un clin d'œil à Rémi, le héros du célèbre roman *Sans famille* (1878) de Hector Malot (1830-1907).

Depuis la mort de ses parents dix ans plus tôt, le jeune adolescent est élevé par son oncle Thierry et sa tante Brigitte à Cormeilles-en-Parisis, en région parisienne. Mais le malaise dans lequel il grandit, les silences qu'on lui impose, le laissent penser qu'on lui cache des éléments sur ses origines et son « passé inachevé ».

Aussi, c'est volontairement qu'il se rend durant cet été 2000 dans un camp de voiles pour adolescents sur l'île de Mornesey, où il a passé ses six premières années auprès de ses parents Anne et Jean Rémy, archéologues responsables du chantier des fouilles de l'Abbaye Saint-Antoine. Après une enfance qu'il estime sacrifiée, gâchée par le mensonge, Colin a l'intuition que son père est encore vivant et qu'il est temps pour lui d'affronter les fantômes qui se cachent sur cette île.

Surnommé le « Harry Potter du quartier » (p.120), Colin se considère pourtant comme un adolescent ordinaire :

> « Pas spécialement brillant à l'école. Moyen, sans plus. Pas mauvais en français, largué en maths et dans les diverses sciences. Du classique. Côté physique, rien de bien stimulant non plus. Taille moyenne. Aversion irrémédiable pour le sport. Pas spécialement mignon. Du moins, je ne trouvais pas et je ne lisais pas vraiment d'enthousiasme particulier dans le regard des filles que je croisais. » (p.52)

Et pourtant, Colin étouffe dans « le pavillon minable dans un lotissement infâme » de son oncle et de sa tante, imprégné de « leur univers mesquin petit-bourgeois » et de « leur racisme ordinaire. » Courageux, déterminé, il n'a peur de rien et reconnait n'avoir jamais pleuré depuis la mort de ses parents. Désireux de vivre des aventures fortes, même le camp de voiles lui apparait ennuyeux : « Dire que c'était comme cela depuis dix jours. Dire que c'est moi qui l'avais choisi cet enfer. De mon plein gré ! » (p.27). Lorsqu'il croit reconnaitre son père à bord d'une camionnette blanche, il se persuade qu'il est encore vivant. C'est le fil qu'il remonte pour plonger dans sa mémoire et son passé et ainsi trouver les clés de ses origines.

Colin devient donc le héros d'un roman d'aventures où la chasse au trésor, les différentes épreuves qu'il doit surmonter à l'aide de ses amis, incarnent des rites de passage de l'adolescence vers l'âge adulte :

> « Il me restait à jeter dans un grand sac mes délires et à oser en parler avec Brigitte, Thierry, ou ma grand-mère Madeleine. À adopter une attitude adulte. À sortir de l'enfance, à sortir de cet imaginaire peuplé de disparus sur le point de ressurgir, de fils de rois à qui on cache leur noble origine pour les faire élever en secret par des paysans loin du palais. Il me restait à vieillir. À en finir avec le passé et à regarder l'avenir. » (p. 56)

SIMON CASANOVA

Michel Bussi s'amuse de son patronyme si lourd à porter et aurait pu faire du personnage la caricature du beau garçon que l'on croise l'été dans une île paradisiaque, dont la seule préoccupation consisterait à flirter avec les jolies filles. Mais ce personnage se révèle en réalité bien plus complexe ; il va s'avérer un redoutable enquêteur et établir le lien entre les deux enquêtes du roman : c'est grâce à lui que Colin Rémy sera sauvé des griffes de ses tortionnaires, alors qu'ils se croiseront très peu dans le roman.

Très têtu, le jeune homme va devenir un enquêteur hors pair. Dès les premières pages du roman, il se montre impertinent face au lieutenant Dullin, qui tente de lui cacher l'évasion de deux détenus de la citadelle lors de leur transfert sur le continent. C'est lui qui finira par comprendre les véritables intentions et l'origine de l'escroquerie de Jean-Louis Valerino, tombé pour un détournement de marché public.

C'est aussi lui qui établira le lien avec les parents de Colin Remy, les fouilles de l'Abbaye Saint-Antoine, l'accident suspect de la grue du chantier

« des Sanguinaires » et la mort de trois ouvriers, puis parviendra à percer le mystère du trésor la Folie Mazarin : « Simon ne se considérait pas plus intelligent ou plus malin qu'un autre, mais il était conscient de posséder une qualité qu'il cultivait jusqu'à l'excès : la détermination. » (p. 110) Il est aussi capable de parcourir toute la France en quelques jours pour voler au secours de l'orphelin menacé par la légende d'un trésor. Simon Casanova incarne donc dans ce roman d'aventures le rôle de l'adjuvant adulte.

ARMAND, LE CONFIDENT

Michel Bussi déclare que ce sont les personnages secondaires qui « donnent un vrai décalage au récit. ».

Confident et ami de Colin, Armand se caractérise par ses « yeux de hibou ». Il est le rationnel de la bande, un « sceptique de nature », comme il aime se définir lui-même. De petite taille, à peine un mètre cinquante, il a quinze ans, mais en paraît douze : « Deux petites jambes poilues qui nageaient dans un grand short. Pour le reste, un corps blanc à plaques rouges. Des lunettes, bien sûr, des lunettes sur une grosse tête moche. » (p. 26).

Armand a beau ne mesurer qu'un mètre cinquante, ses hormones le travaillent et il multiplie les sous-entendus potaches sur les monitrices comme sur les jeunes filles qu'il sait pourtant inaccessibles. Si certains le considèrent Armand comme un « fils à papa de la race des fayots », il a en commun avec Colin de ne pas se sentir à sa place dans ce camp de voile réservé aux adolescents :

> « Depuis Longtemps, Armand avait renoncé à apprendre à barrer un bateau, à chercher d'où vient le vent, à essayer de border la voile et tout le reste des rudiments de la marine. C'était même incroyable d'observer comment Armand, sans doute le gamin le plus intelligent du groupe, était à ce point nul pour comprendre le B.a-ba de la navigation. Il s'était pris au moins une dizaine de fois la bôme dans la figure sans jamais parvenir à comprendre le sens du vent. En fait, il s'en fichait. Ses parents l'avaient placé là en punition, pour je ne sais quelle connerie. Armand n'était pourtant pas le genre à en faire, des conneries, plutôt le genre premier de la classe. Mystère ! » (p. 28)

Cette caractéristique fait du jeune Armand le compagnon idéal pour les aventures et l'enquête de Colin. Il couvre son ami avec l'aide de Madiha lorsque celui-ci échappe à la surveillance de ses moniteurs et doit faire le mur pour les besoins de son enquête. Armand pressent aussi quand Colin est en danger, et lui sauve la vie à deux reprises. Il est le seul à trouver suspecte la succession des coïncidences que lui révèle son ami, et il a l'intuition que Jean-Louis Valerino n'est pas véritablement mort, tout comme il devine que le soi-disant père joue sans doute un rôle dans cette affaire. C'est grâce à un code secret (H08-11) que Colin parvient à avertir Armand du lieu où ses ravisseurs le retiennent prisonniers.

JEAN RÉMY

Le personnage de Jean Rémy, le père de Colin, se dessine en filigrane au fil du roman.

À la tête d'une association de fouilles de l'Abbaye Saint-Antoine, le personnage est décrit dans le roman comme un homme « doux, calme, intelligent », un militant idéaliste, battant, fou amoureux de sa femme Anne et très attaché à son fils Colin. La nourrice que Colin retrouve sur l'île, tout comme le journaliste Didier Delpech en parlent comme d'un être pur, impuissant « face au fric ».

Pour lutter contre les spéculateurs désireux de racheter son terrain de l'abbaye, il avait eu l'idée de bâtir un complexe touristique écologique, ironiquement baptisé « Les Sanguinaires ». C'est la mort de trois ouvriers écrasés par une grue qui l'a poussé à s'enfuir à bord d'un voilier et à disparaitre. S'il se fait passer pour mort pour pouvoir déposer chez son ami Gabriel Borderie et le notaire de l'île des dossiers apportant la preuve de la culpabilité des véritables responsables, il sera bel et bien assassiné par la suite.

Colin ressent le besoin de voir son père comme un héros. « Petit, tu sais, je l'aimais bien ton père. C'était quelqu'un de fidèle à ses principes, comme au reste. Soi fier, fiston. Ton père est mort avec dignité » (p. 161), lui avoue le journaliste Delpech. Considérer son père comme un héros permet à Colin d'accepter plus facilement sa mort. Jean Remy devient une sorte de Don Quichotte auréolé de mystères, le héros d'une légende où il jouerait le rôle de gardien du trésor : « Il s'est battu contre les moulins à vent. Il était comme ça. Entier. Sans concessions. Faut pas lui en vouloir. » (p.315). Grand amateur de vin, Jean Remy avait compris le premier que la

Folie Mazarin était en réalité un grand cru. Colin, en se confrontant à la mort de son père, sort définitivement de l'enfance et effectue son rite de passage vers l'âge adulte :

> « Il me restait à lire la lettre d'adieu de mon père, celle déposée chez le notaire, lorsque la police la trouverait, me la rendrait. Cette lettre qui accusait.
> Peu m'importait, désormais.
> J'étais bien.
> Il fallait que je vienne ici, arpenter les décombres de ma jeunesse.
> Je l'avais accepté. Mon père était mort. J'étais orphelin.
> J'avais fait le deuil, enfin.
> Il m'avait fallu dix ans.
> Mon père était mort en héros. » (p. 495)

CLÉS DE LECTURE

UN THRILLER PARFAITEMENT MAITRISÉ

Michel Bussi est un auteur reconnu de thrillers : il en maitrise parfaitement les rouages, oscillant avec subtilité entre l'émotion et la noirceur. Tout comme dans ses romans *Le Temps est assassin* (2016), ou *On la trouvait jolie* (2017), ce thriller obéit à un rythme soutenu, basé sur l'alternance de chapitres où le lecteur suit à tour de rôle deux enquêtes menées en parallèle. D'une part, cela permet à l'auteur de tenir son lecteur en haleine ; d'autre part, il crée un effet de surprise en les faisant se rejoindre à la fin du roman.

Ainsi, au début de *Sang Famille*, le lecteur découvre l'enquête menée par le jeune Colin Remy, persuadé que son père n'est pas vraiment mort. En parallèle, il suit aussi une deuxième investigation, celle de Simon Casanova, l'emploi jeune de la mairie intrigué par l'évasion de deux prisonniers du centre pénitentiaire de l'île, puis par le meurtre de l'un d'entre eux. Le lecteur finira par faire le lien entre le père de Rémy et ces événements dramatiques survenus pendant les vacances des deux protagonistes principaux.

Le romancier joue avec les codes habituels du thriller. L'île de Mornesey, lieu paisible de vacances, est décrite comme « une banale île touristique, moche et envahie de touristes l'été. Chiante et ventée. » (p. 56), qui se métamorphose bientôt en un huis clos angoissant. La porte du cimetière où Colin se rend pour se recueillir sur la tombe de ses parents grince comme dans les « pires films d'horreur » (p. 177). Lorsqu'Armand affiche son scepticisme face aux révélations que Colin sur son père, il cite Alfred Hitchkock, maître incontesté du suspens, et notamment son film à énigme *Sueurs froides* :

> « – *Vertigo*, précisa Armand. En français, si tu préfères, *Sueurs froides*. Un film d'Hitchkock. Je te la fais courte. Un type, un ancien policier, est engagé pour surveiller une fille qui finit par se suicider… Il s'en veut à mort, il déprime. Du coup, la première fille qu'il croise et qui ressemble à la morte, il la prend pour elle. Il lui demande de s'habiller comme la fille qui est morte. Comme pour la ressusciter. Vous voyez le genre ? » (p. 118)

Le thriller joue également sur les codes du secret et de l'humanité pervertie. Lorsque Simon Casanova fait la découverte de la thèse rédigée sur l'île, il comprend que celle-ci est hantée par le passé de personnages sombres, bagnards et criminels. L'étau se resserre peu à peu autour des habitants. Le vieux marin effrayant joue d'ailleurs le rôle de messager du Diable, lorsqu'il prévient Colin :

> « (…) Faut faire confiance à personne ici. C'est une île mauvaise. (…) Ça se voit pas du premier coup d'œil. Quand on passe, on voit le soleil, la mer, les mouettes, c'est tout. Mais tout est pourri ici. Les gens ont en eux des secrets qui les pourrissent de l'intérieur, petit à petit. Ils les ont déjà quand ils naissent. C'est comme un poisson qu'ils se refilent dans le sang. Les pères les refilent aux gamins. Par le sang, par le sperme. Des crimes qu'on ne peut plus raconter. Des meurtriers qu'on ne plus dénoncer. C'est comme çà depuis toujours. Je te fais peur, hein ? T'as raison, fais confiance à personne. Surtout pas à moi. » (p.225)

Tout l'art du thriller consiste justement à déjouer les attentes du lecteur qui veut croire à une histoire, mais peut, une fois la vérité dévoilée, relire l'ouvrage en relevant les indices semés par l'auteur. C'est une caractéristique essentielle du style de Michel Bussi que cet art de la péripétie finale, ce « twist » comme il l'appelle, soit cette « torsion » inattendue mais plausible faite au récit.

En juin 2016, Michel Bussi déclarait au *Figaro* : « En fait, j'aime bien qu'entre le point de départ de l'histoire et la fin, la résolution paraisse impossible, qu'il existe une connotation mystérieuse. Cela rend peut-être compliquée l'écriture de mes romans. En même temps, je veux que mes livres soient faciles à lire, simples d'accès, en tout cas. C'est toujours difficile d'écrire avec un style simple. Le style, c'est comme un arbitre de foot, si on ne le remarque pas, c'est mieux… J'aime ajouter l'idée de faire réfléchir mes lecteurs. Et, surtout, il faut que ce soit toujours écrit avec sincérité, les lecteurs le ressentent. Si on veut les tromper, ils s'en rendent compte. »

Dans *Sang famille*, le premier retournement de situation concerne le père de Colin Remy : pendant tout le roman, le lecteur veut croire, comme le héros que l'homme s'est fait passer pour mort, alors qu'il est bel et bien mort et victime d'une usurpation d'identité.

Le deuxième retournement de situation concerne la Folie Mazarin : le lecteur s'attend à la découverte d'un véritable trésor enfoui par le cardinal Mazarin dans les entrailles de l'abbaye. Il s'agit en réalité d'un trésor inattendu, un grand vin, dont la valeur est certes inestimable.

UN ROMAN D'AVENTURES

Michel Bussi considère lui-même *Sang famille* comme un roman unique ; à la fois parce qu'il s'adresse autant à un public d'adultes que d'adolescents, mais aussi parce qu'il ne fonctionne pas uniquement comme un thriller : c'est en même temps un roman d'aventures.

Fervent lecteur de la bibliothèque verte et rose dans son enfance, Michel Bussi ne peut s'empêcher de faire un clin d'œil au Club des Cinq. Colin, Armand et la jeune Madiha forment un véritable trio capable de résoudre des énigmes et d'affronter les adultes et leurs machinations. On peut aussi citer l'inspiration d'un roman d'aventures comme *L'Île au trésor*, écrit en 1883 par Robert-Louis Stevenson. L'effrayant marin de l'île de Mornesey n'est pas sans rappeler le personnage de Billy Bones, vieux loup de mer colérique. De même, l'action du roman est concentrée sur cinq jours, et la mention des heures chapitre par cha-pitre concentre un nombre important d'actions et de péripéties qui entrainent les personnages dans un tourbillon d'aventures.

C'est un mensonge qui constitue le point de départ de l'aventure. Ainsi, Colin pressent que la mort présumée de son père recèle un mystère bien plus épais, et il est conscient qu'il va au-de-vant de son destin lorsqu'il se rend à ce camp de voile :

> « Voilà pourquoi j'avais eu envie, besoin, même, de retourner sur l'île de Mornesey, dix ans après.
> Pas par nostalgie.
> Par vanité plutôt.
> Pour trouver de nouveaux indices, de nouvelles anecdotes, des références inédites. Pour ajouter quelques pages à ma petite légende personnelle. Lorsque j'avais six ans, je priais pour que tout redevienne normal, sans ombre ni mystère. À quinze ans, c'était tout l'inverse… Et j'avais été exaucé, au-delà de mes espérances. Tout, autour de moi, n'était que mensonge, et la vérité m'at-tendait, quelque part sur cette île à condition de rembobiner ma vie. Dix ans plus tôt. Aux confins de mes souvenirs. » (p. 121)

D'autre part, il n'y a pas de romans d'aventures sans trésor et sans chasse au trésor. Le cœur de l'intrigue se construit autour la Folie Mazarin. Comme tout roman d'aventures, *Sang famille* s'inscrit dans un cadre historique. Le cardinal Mazarin, Premier ministre de Louis XIV, se rendait parfois sur l'île de Mornesey (la citadelle porte d'ailleurs son nom) et il « aurait écrit qu'il y avait sur l'île un trésor, un trésor sur lequel tous les rois et princes de France louchaient. Après lui, d'autres auraient plus ou moins retrouvé le trésor, mais seraient morts avant de dévoiler le secret. » (p. 82).

Lucien Verger, un jeune métayer, aurait mis la main dessus, mais il meurt pendant la Première Guerre mondiale. Seul le journaliste de l'île, Didier Delpech, semble réussir à maintenir éveillée la curiosité des touristes :

> « Avec cette histoire, il fait courir les touristes aux quatre coins de l'île avec des pelles. Tu penses bien que personne n'a jamais rien trouvé... » (p.82).

Et pourtant, c'est bien pour ce trésor que Jean-Louis Valerino s'évade, tue de sang-froid son compagnon d'évasion, retrouve son sinistre complice, Maxime Prieur, et monte toute une machination afin de prendre au piège le jeune Colin Remy, persuadé que son père, Jean Remy a retrouvé le trésor, et qu'il lui a non seulement laissé une carte pour le retrouver, mais aussi un indice dissimulé dans les souvenirs de son enfance. Obéissant à la loi du thriller, Michel Bussi brouille les pistes pour mieux révéler la nature toute différente du trésor...

L'ADOLESCENCE, UNE QUÊTE IDENTITAIRE

Michel Bussi le dit lui-même, ce roman mélangeant drame et drôlerie est à l'image de l'adolescence, rieuse et désenchantée à la fois, ce qui en fait aussi un récit très psychologique :

> « On a une enquête assez ludique, assez drôle, où on a des adolescents qui plaisantent, qui se vannent, qui ont de la répartie. Il y a j'espère, beaucoup d'humour. Il y a quelque chose d'assez léger dans ce roman. Et d'un autre côté, Colin doit affronter des choses terribles par rapport à ses parents. Il va visiter des cimetières, il va visiter sa propre mémoire, il va être victime d'un certain

nombre d'adultes qui lui mentent. C'est une partie qui est assez dramatique. C'est vrai que j'aime bien mélanger les deux, que l'on passe de l'un à l'autre. Je trouve que c'est assez emblématique de l'adolescence, puisque souvent l'adolescence, c'est une période de la vie, où l'on va passer très rapidement de l'euphorie à la mélancolie, du rire aux larmes, du ras-le-bol absolument complet à, au contraire des phases où on est prêt à dévorer le monde. »

L'auteur affectionne le monde de l'adolescence dans ses romans. Il dédicace *Le Temps est assassin* (2016) « aux amis de l'adolescence que l'on garde toute sa vie. » Et c'est précisément en se confrontant au monde des adultes, à leurs mensonges et à leurs machinations que Colin, aidé de ses amis, poursuit sa quête identitaire. Elle passe par la recherche de ce père qui lui a cruellement manqué depuis son enfance. Mentir sur la mort de ce père, Jean Remy, revient à priver Colin d'une part de son identité :

« – Tu ne veux pas comprendre ? Si on me cache la vérité depuis dix ans, qu'on me ment, c'est qu'il y a une raison. Quelque chose d'important. Quelque chose de grave, de dangereux peut-être. Ils ne vont pas me le cracher comme ça ! (…) Dix ans de non-dits de ne brisent pas. » (p. 107).

Ainsi, au fil de son enquête, Colin n'aura de cesse de vouloir trouver la réponse à cette question existentielle : qui était vraiment son père ? Un héros ? Un salaud ? En affrontant la réalité, « aussi inconcevable, aussi inacceptable qu'elle soit » (p. 30), il reconstitue le puzzle de son « passé inachevé », pour le laisser derrière lui, regarder l'avenir et pouvoir enfin faire son deuil pour s'approprier une vie de jeune adulte : « C'était décidé, j'allais voler de mes propres ailes » (p. 57). Mais ce passage ne se fait pas sans une part de souffrances, surtout au moment où Colin doit plonger dans sa propre mémoire et retrouver le visage oublié de son père auquel s'est substitué progressivement celui de Maxime Prieur :

> « Il me fallait rester concentré. Quelque chose était dissimulé au fond de ma mémoire.
> Ma vraie mémoire.
> Comme si on m'en avait fabriqué une fausse. Une fausse qui commençait à partir en lambeaux et qui, en se délitant, dévoilait le véritable visage de mon passé ? Avait-on trafiqué mes souvenirs ? Comment était-ce possible ? J'avais six ans, à l'époque de ce drame. J'étais conscient, lucide, déjà grand.

> Devenais-je fou ?
>
> Est-ce qu'une nouvelle fois, je voulais m'inventer un nouveau père ? Avec un autre visage cette fois-ci ? » (p. 425)

Michel Bussi accorde un rôle important à la mémoire, aux souvenirs qui se figent durant l'adolescence. Il écrit dans la préface que l'histoire du roman est née d'une troublante impression :

> « Elle est née d'un constat simple, dont vous avez peut-être déjà fait l'expérience : vous croisez une personne et, le temps d'une seconde, vous pensez la reconnaitre… avant de vous sentir stupide et de vous rendre à l'évidence : cette personne, vous le savez, est décédée. Votre imagination a été plus rapide que votre raison. » (p.7)

Dans *Le Temps est assassin* (2016), l'héroïne Clotilde est confrontée à la mort précoce de ses parents, et elle aussi doit fouiller dans sa mémoire une fois devenue adulte. Ses souvenirs semblent s'effacer : « Même les pires souvenirs finissent par s'oublier, si on en empile d'autres par-dessus, beaucoup d'autres. Même ceux qui vous ont cisaillé le cœur, ceux qui vous ont rayé le cerveau, même les plus intimes. Surtout les plus intimes. »

Et bien que le père retrouvé sur l'île de Mornesey
ne soit pas son vrai père, Colin a pu affronter son
fantôme et se mesurer à la figure écrasante du
père :

> « J'avais l'impression d'avoir acquis une doulou-
> reuse maturité, d'avoir en quelques heures rat-
> trapé ce que les fils vivent avec leur père pendant
> une décennie. Toutes les phases de l'Œdipe. (…)
> Œdipe express. » (p.335).

En surmontant chaque obstacle, Colin est par-
venu à gravir les « décombres de sa jeunesse »
et peut laisser partir son père. Il a enfin grandi :

> « Maman avait raison. Sa prophétie se réalisait
> après toutes ces années. Un jour, tu retrouveras
> papa. Je ne l'avais jamais revu. Mais aujourd'hui,
> je l'avais retrouvé. » (p. 495)

AUX FRONTIÈRES DU MERVEILLEUX

Michel Bussi le souligne, *Sang famille* est le seul
de ses romans qui se déroule « dans un lieu imaginaire ». Dans sa préface prévue pour la réédition
de 2018, il écrit : « l n'y a pas loin de l'imaginaire
au merveilleux. Aucun autre roman ne m'a permis
de construire autant au-delà de ma réalité » (p. 9).

Derrière la carte postale de l'île Mornesey, l'île aux volets rouges qu'une brochure présente comme « la plus ensoleillée des îles anglo-normandes » (p. 30), se dissimule une face plus sombre et mystérieuse. Ayant abrité un bagne de 1794 à 1946, elle conserve sa réputation d'« île aux brigands ». Il suffira de l'évasion de deux forçats du centre pénitentiaire Mazarin pour semer la panique et contraindre les vacanciers à quitter précipitamment les lieux. Le journaliste Didier Delpech qualifie lui-même l'île de Mornesey comme « l'endroit de France où il y a plus de crapules au kilomètre carré » (p. 48).

De nombreux éléments contribuent à donner un caractère merveilleux à l'île : les rumeurs étranges autour d'une éventuelle base arrière de brigands, le frontispice de la mairie qui conserve le seul mot « liberté » de la devise originale de la République, le marin fou, l'ivrogne sans dents, les cauchemars de Colin, les créatures de la lande, le dédale des souterrains secrets sous l'Abbaye Saint-Antoine, la prison, « la citadelle, désormais transformée en centre de détention provisoire », « quasiment imprenable par la mer » (p. 35), aux douves profondes d'une dizaine de mètres, « désormais asséchées, mais hérissées d'un double rideau de barbelés. »

La beauté de l'île de Mornesey, digne d'un tableau impressionniste, avec « [s]es maisons penchées au-dessus des falaises de granit sombre » et ces « quelques taches rouges dans une lande aux cent nuances de vert » (p. 37) contribue à cette atmosphère irréelle, propice au merveilleux :

> « La lune se reflétait dans l'eau. Un peu au sud, le phare des Enchaînés éclairait la crique de son faisceau lumineux, à intervalles réguliers, comme l'immense projecteur d'un mirador. Tout était calme. Tout me semblait presque irréel. Iréel sauf mon père bel et bien vivant, face à moi. » (p. 253)

Certes, Clara, la secrétaire de mairie pleine de ressources se moque gentiment de Simon Casanova lorsqu'il exhume l'histoire du trésor de la Folie Mazarin : « – Décidément, aujourd'hui, t'as décidé de faire dans les contes et légendes. » (p. 80). Pourtant, Michel Bussi apprécie de faire dans son roman des clins d'œil aux contes de fées. L'auteur fait notamment allusion au *Petit Poucet* de Charles Perrault : lorsque Colin rentre au camp, après avoir rencontré l'homme qui se fait passer pour son père sur une petite crique, il trouve sept lits vides, comme dans le conte.

Et lorsqu'il suit son oncle Thierry dans la nuit, conscient que l'adulte lui tend un piège, il sème derrière lui de petits morceaux de crépon rouge, pour être plus facilement repéré par ses amis : « – Il a joué les Petit Poucet, expliqua Madi. On a juste à suivre la piste ! » (p. 422). Le plaisir du lecteur se nourrit aussi de cette intertextualité.

PISTES DE RÉFLEXION

QUELQUES QUESTIONS POUR APPROFONDIR SA RÉFLEXION...

- Quels sont les éléments qui relèvent dans *Sang famille* du thriller et du roman d'aventures ?
- Pourquoi peut-on dire que le roman est ancré dans une réalité historique ?
- Comment comprenez-vous le désarroi du jeune Colin Remy lorsqu'il confie sur son enfance : « Il n'y avait pas de pleurs en moi, juste des questions, des tonnes de questions. Il se passait des choses terribles, terriblement tristes, mais on ne voulait pas me les dire. On me mettait à l'écart des mystères des grands. On me cachait un secret. Ça en devenait plus important que la mort de mon père elle-même. Au fond de ma petite tête, mon raisonnement était simple. Ce n'était pas un accident... » (p. 39) ?
- Qu'est-ce qui relève du merveilleux dans le roman ?
- En quoi peut-on dire que Colin Rémy est

courageux ?

- Quels sont les éléments dramatiques présents dans le roman ?
- Pourquoi peut-on dire que le personnage du confident, Armand, joue le rôle de décalage dans le récit ?
- Connaissez-vous d'autres œuvres qui évoquent une chasse au trésor sur une île ?
- Sur quels ressorts s'est construite la légende de l'île de Mornesey ? Qu'est-ce qui la distingue des autres îles anglo-normandes ?
- Pouvez-vous relever des « twists » similaires dans d'autres thrillers de Michel Bussi ?

POUR ALLER PLUS LOIN

ÉDITION DE RÉFÉRENCE

- Bussi M., *Sang famille*, Paris, Presses de la cité, 2018.

SUR LEPETITLITTÉRAIRE.FR

- Fiche de lecture sur *Gravé dans le sable* de Michel Bussi.

Retrouvez notre offre complète sur lePetitLittéraire.fr

- des fiches de lectures
- des commentaires littéraires
- des questionnaires de lecture
- des résumés

ANOUILH
- Antigone

AUSTEN
- Orgueil et Préjugés

BALZAC
- Eugénie Grandet
- Le Père Goriot
- Illusions perdues

BARJAVEL
- La Nuit des temps

BEAUMARCHAIS
- Le Mariage de Figaro

BECKETT
- En attendant Godot

BRETON
- Nadja

CAMUS
- La Peste
- Les Justes
- L'Étranger

CARRÈRE
- Limonov

CÉLINE
- Voyage au bout de la nuit

CERVANTÈS
- Don Quichotte de la Manche

CHATEAUBRIAND
- Mémoires d'outre-tombe

CHODERLOS DE LACLOS
- Les Liaisons dangereuses

CHRÉTIEN DE TROYES
- Yvain ou le Chevalier au lion

CHRISTIE
- Dix Petits Nègres

CLAUDEL
- La Petite Fille de Monsieur Linh
- Le Rapport de Brodeck

COELHO
- L'Alchimiste

CONAN DOYLE
- Le Chien des Baskerville

DAI SIJIE
- Balzac et la Petite Tailleuse chinoise

DE GAULLE
- Mémoires de guerre III. Le Salut. 1944-1946

DE VIGAN
- No et moi

DICKER
- La Vérité sur l'affaire Harry Quebert

DIDEROT
- Supplément au Voyage de Bougainville

DUMAS
- Les Trois Mousquetaires

ÉNARD
- Parlez-leur de batailles, de rois et d'éléphants

FERRARI
- Le Sermon sur la chute de Rome

FLAUBERT
- Madame Bovary

FRANK
- Journal d'Anne Frank

FRED VARGAS
- Pars vite et reviens tard

GARY
- La Vie devant soi

GAUDÉ
- La Mort du roi Tsongor
- Le Soleil des Scorta

GAUTIER
- La Morte amoureuse
- Le Capitaine Fracasse

GAVALDA
- 35 kilos d'espoir

GIDE
- Les Faux-Monnayeurs

GIONO
- Le Grand Troupeau
- Le Hussard sur le toit

GIRAUDOUX
- La guerre de Troie n'aura pas lieu

GOLDING
- Sa Majesté des Mouches

GRIMBERT
- Un secret

HEMINGWAY
- Le Vieil Homme et la Mer

HESSEL
- Indignez-vous !

HOMÈRE
- L'Odyssée

HUGO
- Le Dernier Jour d'un condamné
- Les Misérables
- Notre-Dame de Paris

HUXLEY
- Le Meilleur des mondes

IONESCO
- Rhinocéros
- La Cantatrice chauve

JARY
- Ubu roi

JENNI
- L'Art français de la guerre

JOFFO
- Un sac de billes

KAFKA
- La Métamorphose

KEROUAC
- Sur la route

KESSEL
- Le Lion

LARSSON
- Millenium I. Les hommes qui n'aimaient pas les femmes

LE CLÉZIO
- Mondo

LEVI
- Si c'est un homme

LEVY
- Et si c'était vrai…

MAALOUF
- Léon l'Africain

MALRAUX
- La Condition humaine

MARIVAUX
- La Double Inconstance
- Le Jeu de l'amour et du hasard

MARTINEZ
- Du domaine des murmures

MAUPASSANT
- Boule de suif
- Le Horla
- Une vie

MAURIAC
- Le Nœud de vipères

MAURIAC
- Le Sagouin

MÉRIMÉE
- Tamango
- Colomba

MERLE
- La mort est mon métier

MOLIÈRE
- Le Misanthrope
- L'Avare
- Le Bourgeois gentilhomme

MONTAIGNE
- Essais

MORPURGO
- Le Roi Arthur

MUSSET
- Lorenzaccio

MUSSO
- Que serais-je sans toi ?

NOTHOMB
- Stupeur et Tremblements

ORWELL
- La Ferme des animaux
- 1984

PAGNOL
- La Gloire de mon père

PANCOL
- Les Yeux jaunes des crocodiles

PASCAL
- Pensées

PENNAC
- Au bonheur des ogres

POE
- La Chute de la maison Usher

PROUST
- Du côté de chez Swann

QUENEAU
- Zazie dans le métro

QUIGNARD
- Tous les matins du monde

RABELAIS
- Gargantua

RACINE
- Andromaque
- Britannicus
- Phèdre

ROUSSEAU
- Confessions

ROSTAND
- Cyrano de Bergerac

ROWLING
- Harry Potter à l'école des sorciers

SAINT-EXUPÉRY
- Le Petit Prince
- Vol de nuit

SARTRE
- Huis clos
- La Nausée
- Les Mouches

SCHLINK
- Le Liseur

Schmitt
- La Part de l'autre
- Oscar et la
  Dame rose

Sepulveda
- Le Vieux qui
  lisait des romans
  d'amour

Shakespeare
- Roméo et Juliette

Simenon
- Le Chien jaune

Steeman
- L'Assassin
  habite au 21

Steinbeck
- Des souris et
  des hommes

Stendhal
- Le Rouge et
  le Noir

Stevenson
- L'Île au trésor

Süskind
- Le Parfum

Tolstoï
- Anna Karénine

Tournier
- Vendredi ou
  la Vie sauvage

Toussaint
- Fuir

Uhlman
- L'Ami retrouvé

Verne
- Le Tour
  du monde
  en 80 jours
- Vingt mille
  lieues sous
  les mers
- Voyage au
  centre de
  la terre

Vian
- L'Écume des jours

Voltaire
- Candide

Wells
- La Guerre des
  mondes

Yourcenar
- Mémoires
  d'Hadrien

Zola
- Au bonheur
  des dames
- L'Assommoir
- Germinal

Zweig
- Le Joueur
  d'échecs

ISBN version numérique : 9782 808 015 110
ISBN version papier : 9782 808 015 127
Dépôt légal : D/2018/12603/516

Conception numérique : Primento,
le partenaire numérique des éditeurs.

Ce titre a été réalisé avec le soutien de la Fédération Wallonie-Bruxelles, Service général des Lettres et du Livre.